誕生祭

山田亮太

誕生祭

山田亮太

もうすぐ十六歳になるきみへ

俺がきみくらいの年齢だったころは家族にも親戚にももちろん友達にも自分の心のうちにある暗い考えを決して話してはいけないと信じていたし、今でも基本的には家族の絆だとか血縁だとかそういうものに過剰な価値をおきたがる心情を軽蔑して生きている。だからこんなメッセージはきみにとってたいした意味をもたないことはわかっている。きみはこれまで過酷な生を歩んできた。これからもそうだ。その過酷はきみひとりのものだから、誰にも明け渡すな。このメッセージは何万部か何十万部か知らないがそれなりの数の紙に印刷されあちこちで配られきっときみのお母さんかおばあさんか親戚のおばさんが切り抜いてとっておくはずだから、五年後でも十年後でもいい、もしその紙切れを見つけて、気が向いたら、きみがそうしたいと思うならいつでも、メールでもいい電話でもいい直接家を訪ねてくれてもいい、きみがそうしたいと思うときにいつでも、俺に連絡をくれ。俺はきみの怒りを理解しないが、生きている限りできるだけのことはする。

目次

もうすぐ十六歳になるきみへ　2

北京　13

北京　14

秘密　19

チャイニーズのためのハロウィーン　22

Two systems　27

報国　29

報国　30

光る手　32

少女像を燃やす 51
俺たちみんなでおまえを許さないと決めた 52
ピーポー 57
ふっかつのじゅもん 59
#MeToo 60
少女像を燃やす 62
この世 67

2020 69
4月6日 70
4月29日 71
5月22日 73
7月30日 79
8月21日 80

誕生 83

装画　LILY SHU《膜》(2017)
装幀　須山悠里

誕生祭

山田亮太

全われわれの誕生の。
全われわれのよろこびの。
今宵は今年のたったひと宵。
全われわれわれの胸は音たて。
全われわれの瞳はひかり。
全われわれの未来を祝し。
全われわれは……。

草野心平「誕生祭」

北京

中国に存在するものは以下のいずれかに分類される。漢民族。イスラム教徒。白人。日本人《リーベンレン》。中国語《ハンユー》を話すもの。英語《インユー》を話すもの。その他の民族《ミンズー》。汚染された空気《コンチー》。汚染された水《シュイ》。汚染された肉《ロウ》。汚染された野菜。汚染された土。汚染された肌。黒いマスクをしたもの。灰色のマスクをしたもの。白いマスクをしたもの。チェック柄のマスクをしたもの。青いマスクをしたもの。ピンクのマスクをしたもの。ワッペンのついたマスクをしたもの。金属で鼻の上を押さえるマスクをしたもの。3Mのマスクをしたもの。日本製のマスクをしたもの。マスクをしないもの。私《ウォー》は日本人《リーベンレン》だから、自らが何者かを告げることができない。一《イー》、二《アー》。この国の人間《レンミン》がどれだけ多いか教えてやる。一秒間にひとりの名前《ミンズー》を呼んだとしても、すべて呼び終えるまでに五〇年かかる。絶対に走ってはいけない横断歩道で不規則な動きをするもの。前後左右《チエンホウズオヨウ》からすばらしい速度でやってくるもの。だったら五〇年かけて呼び続ければいい。その間に死ぬもの。その間に生まれるもの。すでに一人っ子政策は廃止された。私《ウォー》は日本人《リーベンレン》だから、自らが何者なのかを正確な発音で告げることができない。一《イー》、二《アー》、三《サン》。封鎖された道路《ダオルー》。封鎖された駅《チャン》。

封鎖されたショッピングモール。ピザ箱の内側に書き殴ったメッセージ。私たち《ウォーメン》に必要なのは共通の敵だから、どちらかをののしるかわりに別の悪しき民族《ミンズー》を作り出す。より大きなもの。より強いもの。光り輝くもの。金色のもの。もしこのまま出生率が上昇しなければ、次は二人っ子政策だ。この呼び名は誤解を招きそうだな。完全二人っ子政策ではどうか。二人以上の子を産まぬものには罰を。一《イー》、二《アー》、三《サン》、四《スー》。四輪で走るもの。二輪で走るもの。三輪で走るもの。違法に人を載せるもの。電動自転車。電動キックボード。三輪で人を運ぶもの。三輪で荷物を運ぶもの。セグウェイ。街灯のない夜道の地面が割れている。街灯のない夜道の地面が隆起している。汚水で炊かれた米《ミー》。ハムやソーセージの入っていない面包《パン》。クリームやチョコレートの入っていない面包《パン》。フルーツやナッツの入っていない面包《パン》。どんなによい食材をつかっていようとここで食べられるすべては中国製《メイド・イン・チャイナ》なのだ。形のよい野菜を選ぶようにできるだけプレーンな面包《パン》を選ぶ。ザリガニと白酒《バイジュウ》の混ざり合ったどろどろを錆びた手洗い場で吐き続けている。在中国日本大使館の前に立つ私《ウォー》を威嚇する声。そこで立ち止まるな。そこで電話《ディエンファ》をするな。あれは何？　マシンガンを持って立っているあの人が持っているあれは何？　だからマシンガンだろう。本物かな。本物じゃなかったらなんだっていうんだ。この国には偽物が多い。たとえ偽物でも撃てば人を殺せる。写真を撮ってもいい？　やめておけ。一《イー》、二《アー》、三《サン》、四《スー》、五《ウー》。この街では天気《ティエンチー》の話をするように空気《コンチー》の話をする。国際基準の二十二倍。ナンバープレートの末尾が偶数の車。奇数の車。それがなんの意味もないことを誰もが知っていても、目に見える量が半分になることで得られるいくらかの安心。危険をかえりみず災害に立ち向かって死んだ消防士たちにまつわる美談。私たち《ウォーメン》は自らの怠惰を直視することに耐えられないから英雄についてもっとよく考える。それは何？　手机《ショウジー》。手の机と書いて手机《ショウジー》。これで文字を書く。この街では谷歌《グーグル》も推特《ツイッター》も非死不可《フェイスブック》もつながらないから、微信《ウェイシン》で文字や写真や映像や声を国外へ届ける。質問には答えるな。正しい統計のためにはこの街の少数者であるおまえの意見は有害だから。怠惰が雇用を生むだろう。一杯四〇元（約八〇〇円）の珈琲《カーフェイ》を売る店の服務員《フーユエン》が手机《ショウジー》から目を離し、密碼《パスワード》の記された紙を差し出す。いくらほしいのか言え。二万元では足りない。せめて二万アメリカドルは必要だ。偽のＴシャツ。偽の靴下。偽のバッグ。偽の化粧ポーチ。日本製のシャンプー。日本製のハンドクリーム。日本製のよい化粧品。被験者なら山ほどいるから安全性は常に確認され続けている。これは中国で製造され日本に輸送されたのち、中国人《チョングオレン》が爆買いして持ち帰ったマグボトルだ。本物でありかつ日本品質《ジャパン・クオリティ》だ。おまえは中国で生まれ育ち日本に留学したのち、日本企業で教育を受けてこの国に戻ってきた中国人《チョングオレン》だ。だから私《ウォー》はおまえを日本人《リーベンレン》として扱う。勤勉で嘘をつかない、忠誠心にあふれた日本人《リーベンレン》。

目に見えないはずの物質が目に見えるほど密集して街全体が深い霧に沈んでいくようだ。

厚手のダウンのポケットの中の手が震えている。

フードを深くかぶり上等なマスクをして皮膚が大気に直接触れる箇所をできるだけ少なくする。

曇っていく眼鏡を拭くたびに指先から体温が奪われる。

ネオンが虹色にきらめいて視界がぼんやりとしているから足元のロープに気が付かない。

おまえは知らぬ間に立ち入り禁止区域に入っていた。

ケーキを売る店。お粥を売る店。フルーツジュースを売る店。何かの肉《ロウ》を売る店。つぶしたてのグレープフルーツは瓶詰めされ炎天下のリアカーに並べられる。小さな林檎《ピングオ》のような果物を串刺しにしたもの。生きた蠍を串刺しにしたもの。迷宮のような超市《スーパーマーケット》をさまよい歩いた果てにある洋食店。温かい水《シュイ》を水筒に入れてくれ。冷たい飲み物はからだを冷やすから。窓の向こうで点滅する映像。手足のない男が乗るベビーカーにぶら下がったラジカセ。七〇年ものあいだエンドレスで続く行進《パレード》。底抜けに楽天的な憎悪。おまえの完璧な個人主義。侮辱の言葉ならここにいるほかの誰よりもたくさん思い尽く。問題はそれを言うか。そして誰《シュイ》に言うか。誰《シュイ》に誰《シュイ》の前で言うかだ。上海《シャンハイ》から北京《ベイジン》へ移動した夜、ここがホームグラウンドだという言葉を思った。言葉が先だったのか思いが先だったのかわからないそのような文こそが本物の思想なのだ。ニーハオを漢字で記すべをしらないおまえへ本文が一文字だけのメールを送る。ここがホームグラウンドだ。私《ウォー》は中国人《チョングオレン》だ。この街の冬のちぎれるような耳の冷たさも故郷のそれと似ている。大きな犬。小さくてすばやい犬。突然振り向く犬。この街でもっとも弱いものであると感じるとき、私《ウォー》はもっと中国人《チョングオレン》だ。多少銭《ドゥオシャオチエン》。四〇〇《スーバイ》。非常高《フェイチャンガオ》。三〇〇《サンバイ》。明白了《ミンバイラ》。この街のサウンドとリズム。全身が意味の光にさらされるとき、私《ウォー》はもっともっと中国人《チョングオレン》だ。私《ウォー》はおまえたち《ニーメン》に富と快適さを売り渡す。この街へ流入しやがて去っていくものたちがそれを各地へと拡散させるだろう。ここがホームグラウンドだ。

秘密

おまえのからだは特殊な材料でできている
三人の母から譲り受けた端正な顔立ちと穏やかな声なめらかな身のこなし
きめ細やかな気配りと底なしの猜疑心そしてほんの少しの冷酷さ

ドアが閉じているのを確認してから話せ
ここでならあなたの心のうちにある危うい考えを話してもよい
この部屋でなされるいかなる発言も記録されず報告されずただ私たちふたりの
間でだけ共有される秘密として
永遠の信頼を約束する礎となるだろう
洗いざらい話そう
絶対に嘘はつくな
どんな嘘も
決定的な力となって還ってくるから

大きな鏡の前におまえは立っている
塵ひとつついていないスーツと奇妙に曲がったままの腕そして以前よりも細くなった眉
何かが起こったら情報が手に入ったら誰に対してよりも先に私に電話しろとおまえは言う
それが事実なのか罠なのか道義的に許されることなのか判断するよりも先に
私に電話しろとおまえは言う
「古いものを除いて新しいものに換える力も、日を追って増強しなければならない」
利害の上でも忠義の上でも裏切りはしないと信じられる仲間を周囲に集めて
激烈な口調で六時間ぶっ続けで話すおまえの言葉に同意しないものはいない

忠誠心とは心の問題ではない
選択しうるあらゆる手を使って命と地位を守るけれど
ひとたび敵と認定したとき徹底的に殲滅する
救った数とそこなった数の差で徳性の高さが測れるとするならおまえは人類で最悪だ
人前で手をつないだり抱きしめたりすることに抵抗がないのはなぜ
私たちの間の屈託のない調和を誰もがほめそやすけれど
計算し尽くされた末の大胆なふるまいがきりきりと私の胸を締めつけるのを感じるよ

おまえのからだは特殊な材料でできている
上空からばらまかれたおまえのからだは風に散らされ光る粒となって大地に降り注ぐ
おまえに話していないことがとてもたくさんある
おまえが話さなかったことはとてもたくさんある

※括弧内は周恩来『十九歳の東京日記』(矢吹晋・編　鈴木博・訳) からの引用

チャイニーズのためのハロウィーン

ハロウィーンには仮装して街へ出る
地下鉄は呼び止められるから歩いていく
なるべく明るい道をずっと歩いて
真っ赤な帽子をかぶって口髭をつけたチャイニーズがこっちを見ている
目を細くして微笑んでいるその顔の意味がわからなくて怖くて
自分にだけ聞こえる声でトリック・オア・トリートと言いながらキャンディを差し出す
生きている人間と同じ大きさ同じ形の物体があちこちにぶらさがっている
それらのうちのいくつかは鋭い金属の棒で貫かれており血を流しており絶叫していた
カボチャやオレンジやグレープフルーツその他名前のわからない野菜は
表面に三角や四角の黒いシールが貼られテーブルに隙間なく敷き詰められている
緑色の線は安全のしるし赤い線は危険のしるし
火鍋の中でぐつぐつと形を失っていく鶏を分け合って食べる
スパイダーマンがいる骸骨がいる展示台の後ろにドラキュラがいる
緑色の顔をしてうつむいて白い歯を見せて

国籍不明の魔女たちを画用紙いっぱいに丁寧に描いて
ルールを守れなかった人間への罰を愉快に感じる心を抱えたまま
不測の事態に巻き込まれないように
誘拐されたり尋問されたり棒で殴られたりしないように
不用意な発言を慎み目立たない服装で
死体みたいな顔をしてどうしたんだ
頬に真っ赤な日の丸をつけて
まさかおまえもチャイニーズなのか
小さく折りたたまれた署名のない手紙は二つか三つの言語で書かれていた
石の隙間に隠されていたそれに気づくまでに一年はかかったから
差出人が書いたのはさらにもっと前だ
すぐさま写真に撮ってフェイスブックにアップロードすると
文字が小さくて読めないとコメントがつく
写真を四枚に分けて再度投稿すると外国語のメッセージが来たので自動翻訳にかける
すぐに削除した方がいいトラブルに巻き込まれたくなければ
取り返しのつかない事態になる前に
パリのデパートを貸し切りにして誰がいちばん高い買い物をしたかを競う
なぜそんなものをもっとパリらしいのを買えばいいのに

どこでだってカルフールでだって買える
そうじゃないこれは紛れもない本物で貴重なものだからもう一度わが国へ持ち帰るんだ
今夜もまたチャイニーズがハロウィーンの活動を開始する
列を乱した者に一定の速度で歩くように勧告するのがおまえの役目だ
応じない場合は別の手段によって処理してよい
本物のアイフォーンで撮影された恐怖のメイク
充電器が発火してピカチュウが燃える
頭にスイカをかぶっているチャイニーズの身柄を拘束する
いますぐここへマリオを連れてこい
閉鎖されたはずのウイグル料理店の奥に人影が見えた
串に刺した羊肉を食べているのが見えた
でもそれが本当は何の肉なのか正確にはわからない
想像しているだけだ
どんな意図も介在しない自然な青空を想像する
イケアの家具を買ってマクドナルド叩き壊し運動に参加するおまえを想像する
どろどろに溶けたチーズで覆った目玉をグラス一杯のワインで飲み下す
きらびやかなドレスに身を包んで連れ立って歩くチャイニーズはその衣装が
どんな民族に由来するかを知らない

届くまでにいったい何人の何通の不正が見逃されたんだろう
チャイニーズが国外で金を使うのを抑制しなければならない
国内に出回る違法な品粗悪な品を徹底的に取り締まり
自国への信頼を取り戻さなければならない
無茶な運転をしてキルギスの大使館につっこんで爆死したのは誰
詳細な報告書の中から適切な数行を選ぶ
チャイニーズが国外でばらまいた金は一年で一兆五千億元にのぼる
その格好でキョンシーみたいにジャンプしてみてくれ
両腕を前に突き出して手の甲を地面と平行にして
右足と左足を揃えたままぴょんぴょん跳びはねるんだよ
主な仕事は箱の組み立てとやわらかい糸の先端をとがらせることそして梱包作業だ
好きなときに好きな場所で眠る自由さえ保障されていれば楽しくやっていける
シリア前線見学ツアーをチャイニーズに売り込むんだ
好きなだけ写真を撮らせろできるだけおぞましいやつを
オリーブの石鹸を瓦礫を買わせろ売らせろ
希望者には住まわせろ中華料理屋を開業させろ
偽物の死を製造し輸送する
人間の手が複雑に貼りつく工場

それと同じ手で漢字を書くアルファベットを書く
私たちはいずれ死ぬがここと同じくらいにぎやかな新しい地獄で永遠におまえを忘れない
曖昧なルールを手なずけて切り抜けて
今日もチャイニーズが集まってくるここにもあそこにも集まってくる
集まってきて何かを話している楽しいハロウィーンの不穏な計画について話している
だからこんな日には
南シナ海の船上パーティで悪魔のダンスをともに踊ろう
もしおまえが心ある人間ならばこの手紙をしかるべき機関に渡してくれ
一日に八時間もの労働を強いられて
発狂し臓器を摘出されて死んだチャイニーズのために
サファリパークでライオンに噛まれて死んだすべてのチャイニーズのために
その死を理解するために
おまえにしか読めない文字でこれを書いている

Two systems

どうしても行かなきゃいけないならどこへ行くか教えて
海だろうが山だろうがどこへでも見つけにいくからわかりやすい場所にいて
いくつかのシステムがひとつのからだに同居している
どんな風にそれが動いているのか知りたいし
それを守るためになんだってする
生れなかったこどもたちのために描いた絵や
丁寧に漢字だけを取り除いた文
食品と薬品の安全性について調べられるだけ調べて
知識はこうやってまた増える
からだの中の地図のシステムは外国へ行っても使えるよ
なんだってできるし
やめたくなったらやめたらいい
違法な行いや誤解を招く服装を見抜けなかったから罰せられたんだ

知らぬ間に約束を破った一〇〇人以上が罰せられた
むかし住んでいた家に戻ってのんびり暮らしてもいい
ふたりか三人の友だちといっしょにちょっとしたものをつくろう
ここから先の一〇年で力を失って移動と通信の手段を失って別の国に行く
確からしい考えを見知らぬ人と分け合って別の未来をつくる準備はできた
よく食べてよく飲んで息をしてできるだけ長く生き延びるんだ
たとえ住む家がなくなってもこのシステムを守るよ
どうしても行かなきゃいけないならその前に教えて．
これまでの一〇年に行った場所を全部思い出すから

報国

つまり借りもののわれら順次熱狂の状態へ推移する
比類なき感慨を後世に伝え連綿と続いていく血、公共の場
のっぴきならぬ空気をつくりあげ世界を一つの家にする、祈念を像にして
生み出された姿を切り取って能天気に、ただ真剣にそう思い詰めた

感情の動きがどうして空白と呼び得る状況、緊迫した生活の中で
取り込まれながらも、言葉を共有させ、偶然の味方もまた
棚上げにして偽の声で統治の正当性を述べ
動乱の見物人となる小さな営みと戦意は拡大するだろう

配備に加担した過程であろうか恐れない時間はぶっ壊れていて呼ぶ
道義の上に創造したものこそ都合よく忘れる
遠い昔、多岐にわたるモニュメント、あらゆる大工場の食堂、昨日
われら目を覚まし文と美とを信じ防空の戦士か公共となる

人は人自らを材料として重なり合う影の中で
われらくらくと、のびのび伸びる手の種族だから
何の意味も無いその塔に意味すると記している

焼却した布告に感激し純朴さは国策の末端につながろうと
すべての国民は健民の顔で、誰であれ役に立ったと告げる
われらの仕事を上回る力を得るための、泥の、復活の文字、ひとつに結集する

きいろい、あおい、無数の歯が笑って頭を垂れ光を発し総員翼となり船となり
誰もが自らの位置で最善を尽くした興味深くもある事実の中でわれら危うくも豊かだから
正しい道の上に正しいと書いてどれだけの成果が生まれただろう

そもそもみんなでやったんだ
透明な理念を人格の頂点ととらえ、非常時の覚悟を与えればどんなものにでもなれる
われらの肉体に栄養を送り奇蹟のように増大すべき日が来た

浴槽から突き出た指の数を数えて、
その数をできるだけ素早く叫ぶゲーム。人差し指だけなら1。ピースの形は2。パーを出したら5。裸の父の手は何度も上下し、お湯の中に潜っては飛び出し、そのたびに形が変わる。1から5までの数字を、幼い私は繰り返し叫ぶ。それが、父についての最初の記憶であり、たぶん私が初めて受けた算数の授業だった。――将来なりたいものは？　学校の先生。ぼくのお父さんは先生だから、お父さんのような先生になりたい、と作文に書いた。私は少しも教師になどなりたくはなかったし、父のようになりたくもなかった。ただほかの職業のことをよく知らなかったし、理由を書くにはそれがいちばんたやすかったから、そのように書いた。作文を読む母が満面の笑みで喜んでいるのを後ろ暗い気持ちで見ていた。

高村光太郎が生まれた一八八三年、父・高村光雲はすでに彫刻家としての地位を築きつつあった。町人の子として生まれ、十一歳で仏師に弟子入りし木彫を学んだ光雲であったが、明治維新後の廃仏毀釈の影響で仏師としての仕事は望めなかった。しかしながら、衰退しかけた木彫の技術をいかした彫刻が評価され、一八七七年の第一回内国勧業博覧会で龍紋賞を受賞。その後、シカゴ万国博覧会に出品された「老猿」、上野公園に建つ「西郷隆盛像」等、日本近代彫刻を代表する作品を残した。光太郎もまた、父の跡を継ぎ彫刻家となったものの、父の仕事を生涯認めはしなかった。父は仏師に過ぎず、彫刻家ではない、と語っている。

ザリガニ料理屋の流し台で
赤く染まった液体を
吐き続けていた。私の背中をさする人が片言の日本語で、大丈夫、大丈夫と何度も言う。大丈夫なはずがない。いったい何を根拠にこの人は、大丈夫だと判断しているのか。こんなに赤いものを吐き続けて、大丈夫なはずがない。そもそもこの人の言う大丈夫は、本当に大丈夫を意味しているのだろうか。大丈夫は中国語でなんというんだったか。ザリガニと白酒の混ざったものがとめどなくこみあげてくる。メイウェンティ。没問題と書く。おまえの身に何が起ころうとも、問題はない。そうだ、遺書を書かなきゃ。残された人たちのための、言葉が必要だ。こんなところで死んでしまったとしても、私はよくやったのだということを、伝えておかなきゃいけない。

一九〇六年、二十三歳の高村光太郎は、父のすすめで海外留学に発つ。ニューヨーク、ロンドン、パリを訪れ、帰国したのは、三年後だった。パリ滞在中のあるとき、近代彫刻の父ロダンの自宅を訪ねた。本人は不在だったもののアトリエに招かれ作品を鑑賞。帰国後、日本におけるロダンの紹介者として活躍する。光太郎はパリでの生活を通して、ヨーロッパ文化の底深さと近代的価値観を学んだが、その経験は暗鬱で挫折に満ちたものでもあった。西洋人とは異なる、
自らの黄色い肉体を深く恥じた。

画面の中の文字と、紙の上の文字が
同じであることの驚き。印刷がしたかった。古くなったワープロを誕生日に父から譲り受けた。文章を書きたかったわけではない。ただ印刷がしたかった。打ち込んだ文字が、真っ白な紙に印字され出力されるのがおもしろかった。この文字をあともう少し大きく、あともう少し右へ。学校で渡されたプリントをそっくりそのまま再現して印刷する遊びに興じた。この線をあともう少し下へ、あともう少し太く。

六歳の頃から小刀を手にし、彫刻家への道を歩みはじめる光太郎であったが、母の影響によ

り年少時から文学にものめりこんだ。文学的創作の出発点は俳句・短歌であり、一九〇〇年、与謝野鉄幹が主宰する文芸誌「明星」に短歌を掲載。一九〇七年には、同じく「明星」で初めて詩を発表。滞米中に書いた詩だった。以後、生涯にわたって多数の詩を書く。一方で「私は何を措いても彫刻家である。彫刻は私の血の中にある。」と語っているように、自己を何よりも彫刻家として規定した。自らの彫刻を純粋にするために、彫刻を文学から切り離すために、詩を書くのだと主張した。彫刻家と詩人がひとりの人間の中に別々に存在していた。

三〇分間全速力で自転車をこいで、山を越えて、高校まで通った。クラスメイトのほとんどが自転車かバスを利用していた。ただ一人、遠方に住むAくんだけが汽車で通学していた。これを汽車通と呼んだ。私たちのうちの誰もが、疑いなくそう呼んだ。家族で出掛けるときもたいていは自動車だったから、それまでに私が汽車に乗ったのは数えるほどでしかなかった。毎日のように汽車に乗るAくんはだから特別な存在だった。汽車通の人間に特有の都会的な風格があった。実際には田舎に住んでいるのだが。受験のために初めて東京にひとりで来た朝、人間のからだで内部が充填された電車におののいた。前と後ろと左右から押された。顔の横に顔があった。知らない人に触れてもいいのか。

東京で生まれ育った光太郎は、たびたび田舎暮らしを夢見た。二十九歳の頃には北海道への移住を計画した。酪農を営み、余った時間で自分の理想とする芸術に打ち込もうという算段だった。当時、十分な収入のなかった光太郎は父の彫刻の仕事をしばしば手伝った。父の庇護のもとで報酬を得ることは本意ではなかったし、金を稼ぐための創作は本来望むものではなかった。けれども地方での生活の過酷な現実を知り、計画は早々と挫折した。夢が実現するのは、遠い未来のことであった。彫刻の仕事と文筆で生計を立てながら、あの戦争を待たなければならなかった。

無残に散らばった落花生の殻に
テーブルが占拠されている。人間のこころやからだが細かく砕かれ、無造作にばら撒かれたままになっている。そこから生まれてきて立ち上がるものがある。そのことを書いて読ませた。手紙を受け取った。かすれた文字で記された四行に素早く何度も目を走らせる。両手でじっと手紙をひろげている。背中が丸まっている。ここから先、あなたのために書くだろう。
あなたただひとりのために書くだろう。

一九一一年、長沼智恵子は高村光太郎と出会う。一九一四年、結婚。同年、光太郎は一冊目
の詩集『道程』を出版する。一九二九年、智恵子の実家は破産する。一九三一年、智恵子は
最初の統合失調症の兆しを見せる。光太郎が三陸地方への取材旅行で留守にしている間の出
来事だった。一九三二年、アダリンの大量摂取による自殺を図る。アダリンは、ドイツのバ
イエル社が製造していた睡眠薬。一九三五年、ゼームス坂病院に入院。入院からしばらくし
て、色紙を切り貼りして描く紙絵の制作に没頭する。一九三八年一〇月五日、肺結核により
死去。病院で制作した紙絵は千数百点に及んだ。一九四一年、光太郎は智恵子に関する詩を
まとめた『智恵子抄』を出版する。そこには智恵子との
出会いから死別までの
三〇年間が含まれていた。

起きていることの規模を
確認している最中に
二度目が来た。左斜め後ろの天井の一部が剥落した。デスクの下からヘルメットを引っ張り
だす。フロアにいる全員がヘルメットをかぶったまま各々のパソコンに向かっている。両腕

を胸の前で交差させて、この建物は安全だと管理責任者が言う。帰宅指示が出たが、電車は動いていない。誰かと話がしたかった。知人が経営するカフェにかけこむと、似たような状況の人々でごった返していた。そこにいる全員がひとつのテレビ画面を静かに見つめていた。

一九四一年十二月八日、高村光太郎は大政翼賛会の第二回中央協力会議に出席するために朝早く家を出た。議場に着くも、会議は午後に延期された。控室で二時間ほど待つ。十一時半を回ったころ、宣戦布告の報を聞く。その二日後、「記憶せよ、十二月八日。」から始まる「十二月八日」という詩を書く。そこから二年後、「十二月八日三たび来る」という詩を書く。さらに一年後、「十二月八日四たび来る」という詩を書く。「三年前のあの十二月八日、／ぼくはまだほんとの子供だつたが、」「ぼくはもう立派な少年だ、ぢき青年だ。／出来る。何でも出来る。」と少年の声を代弁する形でつづられるこの詩は、「もうすぐ来年だ。／ぼくの年がひとつふえる。」で終わる。けれど、五度目は来ないだろう。少なくとも、祝福すべき日付としては、
十二月八日は二度と来ない。

灯りのない道の真ん中で

私は呼びかけられたのだった。あなたには力があるからいまこそその力を行使すべきときだとその声は言っているように思えた。不特定多数を対象にしているように見えて実のところ私ただひとりに向かってその声は発せられたのだった。だから声が指し示すところへ向かうかどうかは私ひとりで判断するよ。ここからあそこまでいちばん近い道は一本しかない。それなのに一歩脇道へ踏み出せば分岐点は無数にあって私はどこへでも行ける。

一九四一年十二月八日、高村光太郎は大政翼賛会の第二回中央協力会議に出席するために朝早く家を出た。議場に着くも、会議は午後に延期された。控室で二時間ほど待つ。十一時半を回ったころ、宣戦布告の報を聞く。午後一時、会議が始まる。光太郎は「全国の工場施設に美術家を動員せよ」との議案を提出する。国家総動員の時局において、美術家の役割とは、美の力によって国民の精神生活の健康を保つことであるから、「あらゆる大工場の食堂、休憩室、合宿所、病院等の設計に合理的な美を与えるため」美術家を動員すべきである。

裏面のまま並べられた
トランプのうちの一枚に

手をかざす。線香花火がぱちぱちと爆ぜるような熱を感じる。その横の一枚にかざすとやわらかい風が指と指の間を吹き抜ける。さらにその隣は真夏の太陽の光だ。ゆっくりと手を動かし各々の札を確認する。あった。線香花火だ。その一枚と最初の一枚をめくる。ダイヤの6とスペードの6。また当たりだ。いとこのAは超能力者だった。トランプの数字が放つエネルギーを手のひらで感じ取ることができるという。だから神経衰弱では負け知らずだった。Aの番が回って来たが最後、すべての札をとられてしまう。お正月のたびにその力を見せつけられた。私にも同じ力がありはしないか。トランプの一枚に手をかざしてじっと待つ。光。ちょっと光ったような気がした。たぶん気のせいだ。何も感じない。何も。

一九二六年、劇作家協会と小説家協会が合併して日本文藝家協会が設立された。一九四二年に解散。組織は日本文学報国会に吸収された。日本文学報国会は、総勢三〇〇〇名以上の会員からなる一大翼賛組織であり、当時の名だたる文学者のほとんどが加入した。会員には本人の希望とは無関係に名簿に名前を載せられた者もいたが、高村光太郎は積極的な意志をもって参加した。小説部会、劇文学部会、短歌部会など、九つの部会からなり、光太郎は詩部会会長を務めた。文学報国会の成果のひとつとして『愛国百人一首』の企画が挙げられる。愛国を主題とした和歌百首が佐々木信綱、齋藤茂吉、折口信夫ら選定委員によって選ばれた。各新聞紙上で発表された後、カルタとして商品化され大ヒットした。カルタ遊びを通して愛国心の醸成がなされた。

声を合わせて、
あるいは各々のタイミングで、
ひとつのことを、別々のことを、叫んでいる人々がいる。マイクを持って、あるいは持たずに、歌っている人々がいる。青い、赤い、黄色い、バルーンが舞っている。太鼓を叩いている人がいる。輪になっている人々がいる。音楽が鳴っている。踊っている人がいる。私はここで何をするでもなくただいる人だった。十分にいたので、もう帰ろうと思うその帰り道、地下鉄の入り口の前の歩道に並んで立っている人々がいた。人と人との間はすべて同じ間隔が保たれていた。全員が同じ方向を向いていた。まっすぐに前を向いて、無言で立っていた。全員が同じ旗を持っていた。

山村暮鳥は、高村光太郎よりも一年遅く、一八八四年に生まれた。一九一三年に萩原朔太郎らと「人魚詩社」を設立。日本近代詩の黎明期に、当時としては異例の斬新な詩形で詩作し、その成果は一九一五年に刊行された『聖三稜玻璃』に結実した。同詩集は多くの読者から拒絶され、やがてその作風は人道主義的なもの、そして極度に平明なものへと変化していく。一九二〇年、暮鳥は「日本、うつくしい国だ」というフレーズから始まる詩「日本」を発表。

この詩は、のちに教科書に掲載され学校教育の現場で読まれた。こどもたちの愛国心を育む
ためのよき教材として戦前まで利用された。現在でもインターネットを検索すれば、愛国を
表現した優れた詩としてこの詩に言及している人を見つけることができる。暮鳥は一九二四
年に
亡くなっているから、
もちろんこれらの事実を知らない。

その絵の細部についての記憶は
おぼろげだけれど、絵を前にした自分のからだの息がつまるような感じははっきりと覚えて
いる。一度だけ仲間たちとAくんの家へ遊びに行ったことがある。八月の上旬、私たちは汽
車に乗ってAくんの家を訪ねた。こんな長い距離を毎日往復しているのか。さすが寺の息子
だ。Aくんの家はその地域でいちばん大きな寺だった。Aくんも繁忙期にはアルバイトでお
経をあげるという。あんな髪の長い坊主がいてもいいのか。到着すると、Aくんのお母さん
が門の前で出迎えてくれた。敷地内を案内してもらう。お堂に絵があるから、見ていってね。
Aくんのおばあさんだかひいおばあさんだかとにかくこの寺の親族のひとりが画家で、その
人の描いた絵がいくつか飾ってあった。最後の天井の高い部屋に入ると、壁一面を覆う巨大

な絵があった。黒い線で裸の男女がひしめくように描かれていた。一目見て、それが死んでいく人々、それもひどいやり方で死んでいく人々の絵であることがわかった。

現在の東京藝術大学の前身である東京美術学校は日本初の美術家養成機関として一八八七年に設立された。高村光太郎の父・光雲は彫刻科の教授を務めた。光太郎は一八九七年に彫刻科に入学。卒業後、一九〇五年には西洋画科に再入学した。西洋画科の同級生には藤田嗣治がいた。藤田は、一九一三年に渡仏後、パリの画壇で認められ、ヨーロッパで活躍した最初の日本人画家となる。以後しばらくは海外生活を続けるが、一九三三年に帰国し、従軍画家を務める。一九四五年まで陸軍の要請に応じて国民の士気昂揚を目的とした戦争画を多数描いた。敗戦後は戦争協力画家として告発され、再びフランスへ渡る。二度と日本に戻ることはなかった。死後しばらくして、藤田の日記が東京藝術大学に寄贈された。一九三〇年から一九六八年まで長期に渡って綴られた日記のほとんどが完全な形で保存されていたが、一九四〇年代前半の日記についてはごくわずかしか残されていなかった。

読書感想文には必ず

戦争について書かれた本を選んだ。

悲しい戦争の話。動物やこども、弱い者が死ぬ話だとなおよい。物語のあらましをできるだけ陰惨に述べたて、末尾に「このような戦争を二度としてはいけない」と記せば感想文は完成である。こどものいびつな文字で表明される決然とした意志に、親や教師、教育委員会にいたるまですべての大人たちは心を動かされざるを得ない。このような完璧な読書感想文フォーマットの採用により、四年連続で金賞を獲得したのだった！

高村光太郎は生涯で六冊の詩集を刊行している。出版年を見ると一九四一年『智恵子抄』、一九四二年『大いなる日に』、一九四三年『をぢさんの詩』、一九四四年『記録』と戦争期に集中している。智恵子の死後、智恵子を主題とした詩が多数書かれ編纂された。それと連続する形でおびただしい数の戦争詩が書かれ、まとめられたのだった。『大いなる日に』には日中戦争から太平洋戦争勃発まで、『記録』には太平洋戦争期の時局を反映した詩が収録されている。『をぢさんの詩』は年少者を対象として書かれた詩を集めたもので、少年少女たちに国家繁栄のための心得を説く詩が中心を占めた。死をも恐れず若い命を投げ出す少年兵が賛美され、銃後で

国家のために尽くす女性の

価値が示された。

古いフォルダを整理していたら
「この世から」という名称の
ファイルが目にとまった。
最終更新は八年前、

サイズは三〇四五キロバイト。開くとつくりかけの文書だった。記憶にはないが、文体や構成の特徴を鑑みるにたしかに自分が作成したものなのだろう。内容と「この世から」というタイトルに関連性は見いだせないから、未完成文書の符牒としてつけられたファイル名だったにちがいない。当時の私は誤って送付してはいけないファイルには「雪だるま合戦」とか「首の短いキリン」とかの突拍子もない名称を付していたのだった。「この世から」は一応最終頁までつくられているようだが、前提と結論をつなぐ頁が空白のままになっていた。私はきっとここに何か都合のいいグラフや記事を引用したかったのだろう。それは見つからなかったのかもしれない。あるいは見つかって、どこか別のフォルダに正式な文書が格納されているのかもしれない。それとも完成版はすでに消去されていて、未完成のこのデータだけがなぜか残ってしまったということか。

一九四五年四月、東京空襲により高村光太郎は自宅兼アトリエを焼け出された。このとき、彫刻作品や詩の草稿の多くが焼失した。時局とは無関係な未発表の詩の草稿が多数あり、いつかそれらをまとめて『石くれの歌』というタイトルで出版することを計画していたが、それらも失われた。その後、岩手県花巻の宮沢賢治の生家に疎開。賢治の死後、賢治の顕彰に貢献した光太郎は宮沢家との深い交流があったようだ。八月一〇日、死者四二人を出した花巻空襲に遭う。敗戦後は、花巻近郊の山村の小屋でひっそりと暮らす。

若い頃に夢見た
田舎暮らしはこうして実現したのだった。

牛乳を飲むたびに思い出す言葉が

ある。―NBAの試合を初めて観たのはいつ？　自分が出た時だ。アリーナに来られる人は限られている。今日のゲームを観戦する人の中には、これが最初で最後の人もいるだろう。そのひとりのために今日も最高のプレーをしなきゃいけない。マイケル・ジョーダンが語っていた、その言葉を思い出す。自分にとっては何度も繰り返される行為が、別の誰かにとっては一度きりの機会であること。私はバスケットボール選手になりたかった。アジア人で初めてのアメリカのリーグでプレーする選手になりたかった。でも身長が伸びなくてあきらめた。牛乳を飲みすぎたんだ。それで骨が硬くなって身長が伸びなかったんだ。

一九四五年八月、二つの原子爆弾が投下されてもなお、吉本隆明は戦争を継続すべきだと考えていた。反戦も厭戦もありえなかった。日本の敗北のときとは、死のときだった。敗戦は、少年期から青年期を戦争の中で過ごした彼らに大きな衝撃を与えた。吉本は二〇歳だった。八月一六日、高村光太郎は「一億の号泣」という詩を書く。その詩は朝日新聞に掲載された。吉本は、かつて敬愛したこの詩人に初めて異和感をおぼえた。敗北の中になお希望を見出そうとする光太郎の態度は、
欺瞞に満ちたものに思えた。

私の言葉を読んだあとに
その人は死んだので
私がその人を殺したのと同じだ。私の言葉があともう少し別のものだったならその人は死なずにすんだのだから私が殺したのと同じだ。ほんの少しの休息の時間に私もその人も外へ出た。雨が降っていて雨にあたらないように入口のひさしの下に二人して立っていた。あのときに言葉を何か良い言葉をその人があともう少し違った風に生きていくための言葉を伝えて

いればその人はきっと死ななかったのだから私が殺したのと同じだ。
一九四五年一〇月から七年間、岩手県太田村の山小屋でひとりひっそりと高村光太郎は暮らした。一九四七年、戦争期の自らの行為への反省を含む自伝的な連作詩「暗愚小伝」二〇篇を発表。同時期に「わが詩をよみて人死に就けり」という未定稿の断片を書き残す。これは「暗愚小伝」のために書かれたものだったが、
生前に発表されることはなかった。

湖のほとりにテントを建て
バーベキューをする。毎年夏休みには家族でキャンプに行く。海に行くことが多いけれど今年は湖だった。泳いだり砂に埋められたりしなくていいから湖の方が好きだった。これは何の肉？　熊の肉だ。熊がいるって書いてあっただろ。こっちは？　鹿だ。鹿を食え。弟1の嘘を弟2は疑わない。だからいまでも、彼はあの湖で熊を食べ、鹿を食べたのだと信じている。お腹がいっぱいになって、ランタンの明かりを消すと、ひろい空にひっきりなしに星が流れた。私たちは寝そべってそれを見た。願い事をしろ。ひとつの星につきひとつの願いだ。全部叶ったらおまえは王になる。

湖のほとりに二体の像が建っている。同じ顔、同じポーズで向かい合わせになっている。一九五三年、高村光太郎の最後の彫刻「乙女の像」は十和田湖畔に建立された。亡き妻・智恵子をモデルにしたというその像は、なぜか二体だった。二人の智恵子がそれぞれ前方に左手を差し出している。その手は触れあわない。手のひらと手のひらの間で力が発生する。智恵子。ここにいるのか。智恵子。ここにいる。この像がある限り遠い未来まで、十和田湖を訪れる多くの二人組が智恵子たちと同じポーズをして写真を撮るだろう。

目覚めると全域で
停電していた。すぐに母から連絡があり、復電時期の見込み、水の確保の必要性、通信手段、スマホの節電方法、交通環境、祖父宅の状態、コンビニやスーパーの開店状況等々についてグループチャットでのやりとりがなされた。大した情報を持たない私は、電気と水を大切に。本当にどうにもならないときは弟2が走って応援に行くから大丈夫。とだけ送った。そして夜が来た。キャンプ用のランタンの明かりで今夜は過ごすとの報告。星空がきれいだとも。ちょっと楽しそうだ。そう。破滅は楽しい。完全復旧まで一週間以上。その見通しはさらに延期された。もしも私の故郷がいまとは異なる仕方で破壊されていたとしたら。もしも私の故郷がさらに過酷に損傷していたとしたら。あるいはここから先、また別の悲惨が訪れるとしたら。どんな力が私の手を駆り立てるだろう。

一九五五年一二月一九日、原子力基本法が成立した。同日、高村光太郎は詩「生命の大河」を書く。「原子力の解放は／やがて人類の一切を変へ／想像しがたい生活図の世紀が来る。」と新たな技術がもたらす未来を言祝ぐこの詩は、一九五六年一月一日の読売新聞に掲載された。同日、原子力委員会が設置される。同年四月二日、高村光太郎は肺結核のため死去。「生命の大河」が最後の詩となった。「生命の大河この世に二なく美しく、／一切の「物」ことごとく光る。」

少女像を燃やす

俺たちみんなでおまえを許さないと決めた

機械はここに。機械はここに。俺たちはここに一緒にいられる永遠に何度でも
何度でも。俺たちは変化できる一緒に夢みたいに。野良犬が
ベッドの中で怒りにまみれていく夢。赤い絨毯は真昼のペンキ塗りに赤く
赤く塗られる。影のプレイヤーがますます見えなくなる。俺たちは
誰もがひとりで攻撃的でなぜなら枠どられた頭脳だったから水に
浮かぶ頭脳だったから。細心の注意であちら側を見ている。原理的に俺たちは
憎み合う。俺たちは憎み殴り合うことができる。機械はここに。機械は
ここに馬鹿みたいに。かわいらしい動物が一列に寝そべっている。そこへ
走っていった。この場所は純粋だここでは誰もが憎み合う。でも一列だと俺たちは
言う。やるならいまなんだよ。十年も前に俺たちは夢を見た何もかも
変えられる夢。間違ってやってきたのならすまない嘘をついた。ずっと前から
いた。つくりものの物語の中の巨大な家。守っている親しげにやさしく。嘘の情報を
つかまされるのにいかなるコストもかかっていない。おまえは
俺たちにこんな風に言うおまえは愚かだと言う。際限なく。動機なく。

俺たちは正確に正しく止められる正義のためにそれから家族のために。俺たちの
家族はマジカルで偉大だから無残な場所へ行くのを止められる。たくさんの
人々が正義の代理人を演じていた。たくさんの動物たちが
地下で息絶えた。彼らの死骸が温かく匂っている。犬がいる。彼らは
言う犬がいる。その歯が温かく匂っている。俺たちは
別の道を歩ける。俺たちは命令に背ける。その場所に
立っているのを助けてやろうか。助けてやろうか。俺たちの
共通の敵は理性的ではない。俺たちは何時間も話して考えを変えた。何度も
叫んだ動かないからだで何度も。教師との約束は果たされない。
楽園へ行くことだ死んでいない物質だけで
満たされた。俺たちの希望のひとつは押してくれ。端っこの方で押してくれ。人目に
つかないところで強力な敵を粉砕する計画を立てる。
大きくて極端だからひとつの場所から別の場所へ拡散する。俺たちのささやき声は
俺たちは勝利する。正義のために勝利する。最後には
名の下に。最後には実際には。押してくれ。正義の
押してくれ。俺たちのからだが別のからだに触れるだからたくさんの
からだが動きそれから粉砕する。

数だけが結論である。俺たちの認識は弱く粗い。立ちあがってくれ。早く
立ちあがってくれ。早く。早くしてくれ。馬鹿みたいに走っていって
ダンベルを持ち上げるんだ。おまえはいちばんにたどりつく。おまえはベルを
鳴らす。百万人がおまえを見ている走っているおまえを。正しさは美しい。この武器を
握れ。このペンを。俺たちはおまえに見つからない場所で話している。俺たちは
もしかしたらおまえを裏切るあるいは裏切らない。もっとでかい声で
話してくれ世界中に聴こえるように。学校で病院で裁判所で。俺たちは
全部をぶち壊す。俺たちの教師は結局は愚かだ。俺たちの愚かさは普遍的で不可視だ。

俺たちは貧しくて平等で平穏な生活を維持できないだから力を結集する。俺たちは
彼らが俺たちの社会を守ると信じているあるいは信じていないだがそれに
賭けるしかない俺たちの生き残る唯一の道だからそれが。

弱く柔らかいものを踏みつけてそれが壊れる音を聞いている。聞こえるもの
見えるものが俺たちを形作り生きているのを感じる。帰ってこい。もう一度
帰ってこい。俺たちはおまえが帰ってくるのを待っている。ずぶ濡れのからだで
おまえが帰ってくるのを待っている。おまえが叫び転げまわるのを

待っている。骨をくわえて戻ってくる
犬みたいにおまえは帰ってくる。聞こえた。見えた。美しい機械がずっと
続いている力強く。おまえの許可なく話してもいいか。おまえの撮影した
三枚の写真はとてもいいよ。おまえといると俺たちはとても繊細だ。

暗いテーブルが粉砕される学校での本質的な書き取りによって。生徒たちは
出ていく授業が始まる前に。おまえはひとりの女の子が怒りの眼差しで
歩くのを見ている。怒りだ。おまえは世界中の怒りをキャッチする。深い海の背後の
深い空がおまえを追い詰める。俺たちはおまえを追い詰める。世界中の
声を集めておまえは間違ったと俺たちは宣言する。三年も前からおまえは
間違っていた。大したことじゃない。ほんのすこしの絶望。俺たちは強引に
おまえを更生する。

ああ暗い物質だ。おまえは話さない。おまえの絶望。役立たずの。鉄のハンマーで
叩くんだ。鉄の服を着て。怒りとともにいろ。旗を打ち倒せ。空虚な
太陽。おまえは空虚な太陽を見ている。朝は良いね。おまえは俺たちを
裏切るだろう。だがそれでいい。おまえは俺たちを騙すだろう。それでいい。俺たちは
おまえを許さない。おまえは何か許されないことを言ったから俺たちはおまえを

地獄の果てまで追い詰める。俺たちみんなでおまえを許さないと決めた。おまえを探しつづける。おまえのすべてを記述する。何をして何を話したのかを細部まで。

八月四日、新築したばかりの弟1の家を訪れた。家中のいたるところにミニカーが散らばっていた。パトカー、トラック、ブルドーザー、ショベルカー、新幹線、ジャンボジェット、ヘリコプター、はしご消防車。二歳八ヶ月になる彼の息子はもうずいぶん話せるようになっていて、ありとある乗り物の名前を口にした。私たちはそれから新旧の自動車が展示されている博物館へ行き、さまざまな車に彼を乗せては写真を撮った。翌日、弟2もやってきた。近くの公園にバスケットゴールがあるからバスケしようぜ、と弟1が言うので行ってみた。三人で順繰りに攻守が入れ替わる三点先取のワン・オン・ワン。からだ中から汗が吹き出し、たった十五分で腕を上げるのもきつくなる。弟2が弟1の息子を肩車してボールを持たせる。ほら、シュート。あのまるい輪っかを狙うんだ。それから弟1の家に戻って、私たち三人でカレーライスをつくった。三人で料理をするなんていつ以来だろう。というか、初めてじゃない？　弟1が米をとぎ、弟2がじゃがいもの皮をむき、私がたまねぎを切る。涙が止まらない。これは涙が出る種類のたまねぎじゃないか。LINEで父に写真を送ると、意味のよくわからないスタンプが返ってきた。サングラスをかけた丸顔の人物が誇らしげにピースサインをしている。遊び疲れた弟1の息子が弟2の腕の中で眠っている。弟2にも先月こどもが生まれたのだった。女の子だった。私は弟2にそのことについて少し尋ねたが、彼はあまり話したくない様子で、話題はすぐに別のものに切り替わった。私の生と生殖を操ろうとするすべての人々よ。資源を節約しわれわれの種の可能な限りの引き延ばしを訴える人々よ。捏造された伝統へと回帰し新たな規範を打ち立てようと企てる人々よ。自然の摂理に従いゆっくりとした衰退と滅びの道を選ぶ人々よ。私はきっとあなたたちのどの陣営にも与しない。遠くから救急車のサイレンが近づいてくる。その音を聞いて目を覚ます。ピーポーだ。窓に近寄ると、点滅する赤い光が見えた。生まれてきてくれてどうもありがとう。きみたちは私たちよりももっと好きなように、でたらめに生きていい。

ふっかつのじゅもん

ひとつのか　らだでふたりの
じかんをい　きるや

わらか　いたま　しいのこ
うかん　そのた　めにただ
しくか　きうつ　すひとり
でもお　ぼえて　いればな
んどで　もきみ　はよみが　える

#MeToo

私も
自分のずるさを隠すために
見ないふりをしたことがある

私も
支配したいという思いにかられ
嘘をついたことがある

私も
無理解を言い訳に踏み込む人と
同じ顔　同じ仕草で

私も
安全な位置を確かめて

言葉を奪おうとした

愛は与えつづけないと死ぬ
どれほど高潔であろうとも
信頼に目が眩んだ日に
私は間違える

私よ
いつであれ変化せよ
私でないもののほうへ

表現できないものがあると考え、あなたの母と父は声高に
反対し、叶わなかった意志を貫く動機を
もたなかったから、様々な報道に触れて抑圧の
声はあなたに向けられている、文化への関与は真っ当な
人間を頽落させる、公共の秩序を乱すもの、卑小な遊びに逃げてこの問題に
関心を持つと、言うことはできない、それを見たという事実は引き受けるには
大きすぎる、そしてあなたは少女像を燃やす

どんな過激な企みも抗議も、ただあなたの生きるこの
地域の平穏が保たれてさえいれば、脅迫にも人の心をかき乱す
像にも、できるだけ意味をあたえずに、ただ各々がひとり胸の内に不快さと
やましさをしまったまま、市民の安全に
奉仕し、夏休みもとれずに、限りあるリソースを無限に
割くことはできない、そしてあなたは

少女像を燃やす、行動を起こす人たちを

深く憎む、常に外部からの視線にさらされ、実際に
どれだけの数がいるのかあなたには分からない、特別な
敬意を抱いて、あなたはうまく理解できないまだ
理解できない、そして
あなたは少女像を燃やす、どうすれば

満足なのか答えてください、あなたは本当に
日本人なのか、破棄するように要請する、市や県や国の金で
侮辱する、あなたの父あなたの祖父の代から、ありえないと思う自由の
範囲を逸脱して、成り立っていない、誰が考えたってそう思う国益を損なう
行為をさせるために、完全に置き去りにされているんだそしてあなたは、表現による
暴力を行使する以上こちらとしても市民の
代表として準備をして

回数をこなしていかないと、とにかくコンスタントに
続けていく偏向と委縮の、一度きりであれば

できてしまう、そしてあなたは少女像を、普通の生き方を
選ばなかった選べなかったあなたは、いつでも相対的に
優位な立場に戻れるから、多数派の人たちに負い目を感じ、負い目が反転し
燃やす、拠り所のない場所で選ばなかった
選べなかったあなたは

あなたは何者でもない、この国を愛する国民の
ひとりである、人を傷つけ不愉快にするものは決して公の場にあっては
いけない、それだけでなく、この世に存在すること自体を
禁止すべきであり、あなたのために尽くした無知な人々は、その存在そのものが
明確な攻撃であり決して許しはしない、あなたはもっとも弱い者だ、差別表現の
背後には常に差別そのものが横たわっている、優位に立つ者は
そうでない者に負い目をもたなければならない、あなたもまた他人を
攻撃し、苦しめ、そのことに喜びを感じる存在のひとつだ、そしてあなたは
そうすることがあなたの使命であると感じ、少女像を、あなたがこの国で
あるいはこの国の外で受けてきた様々な攻撃から
身を守るために、あなたにとってもっとも大切なものを、燃やす

他人の悲惨を利用して、不当な高さをまとう問いは
鑑賞の対象をはるかに超えでている、告発のシンボルとして
あなたは今日、傍らの椅子に長い長い時間
座っていた、そしてあなたの出自を語らずに、ただ大きな
懸念を持っているということだけをほのめかして、結婚はあなたの母からも
父からも祝福されないものだった、ひっそりと二人で
婚姻届を出し、公の場にさらされる機会を持たずに

無自覚なままでいられる幼稚さと中立を主張する欺瞞と
詐欺まがいの振る舞い、個別具体的な告発、曖昧にしたまま、あなたは
あなたの身を守るために、取り巻くものの意味を
変えるために、重なりあう抵抗の中に
置かれている事実を認めるそしてあなたは少女像を燃やす、無数の
怒りを主導したあなたは、いつでもこの活動を止めることが
できるから、向き合うことをやめたならば

より深く傷つくだろう、直接の利害もたらす行為だけが
勘定されるので、輝かしい教養も

見分けのつかない群衆も、一緒くたにされて落ち度はそちらに
あるのだからと言い聞かせてあなたはやってくる
そしてあなたは少女像を燃やす
価値を見極めるプロセスが不透明であるがゆえに、女性への
過去のそして現在の加害と抑圧の歴史を想起し

誰のものであれ特定の、個人の
写真を焼き、乱雑に踏みつける行為は
なされるべきではないと、非難すべき事柄を
一つ一つ取り除いていって、何が本当の問題なのかを
言い当てるように、あなたの母と父に隠れて
この家が居心地の悪いものになるように
あなた自身が火種となり、傍らに長い間立ち止まる
そしてあなたは少女像を燃やす

この世

生まれかわったらなりたいものを問われ今生では叶わぬ人の名を言う
家族写真で埋め尽くされた壁に見知らぬ二人の顔の額縁
始まりを告げる歌は望まずとも権威との関係に置かれるだろう

地下通路を迂回しかつてここから旅立った行き先を思う
門前に掲げられた訴えに近づいてこっそり話しかけたかった
かりそめの避難所への新年の挨拶として両手を挙げる
船の上で手をふるきみを取り囲む人々の中へ走っていく
裾をまくり上げて語る撃たれた痕の理由がただひとつの記憶だ

ただひとつの記憶だ本当にそれだけなんだなぜ撃たれ
生き延びたのかを語る隠された傷を
一度だけ見せて走っていくたくさんの人々が

旗をふっていた船だったのかそれとも別の
乗り物だったのかきみへの挨拶として

両手を何度も正しい姿勢で挙げて新しい時代がもう来る
視界の端に一瞬だけ映るそこは本当の居場所では
ないから逃げてもいいし近づいて
話しかけるときは用心して言葉はきみの思いの外で
保存され利用されるから切実な訴えも

ルールに従った発言も等しく掲げられ果てしのない旅の
行き先を決めてしまうどんな道を通ろうと
最後にたどり着く先は同じだ本当に同じなんだなぜ歌を
歌うのか小さな声で後ろめたい姿勢でそれは千年も前から
歌われてきた歌だどんなに否定しようと

二人のために祈り命に代えても守りたいと思った
家族やこの国の形を壁に打ち付けてきみの名前を言う
生まれかわったらもう一度この世をはじめるために

2020

４月６日

私は宣言するだろう。
望まれた休暇と労働のために。
適切な距離を保ったまま
息を止めるひとりのために。

4月29日

熱海に行ったのだった。

海外からの観光客のすっかりいなくなった静かな街をゲストハウスのスタッフと歩いて、いつまで続くかわからないけれど、ゴールデンウィークは厳しいでしょうね、でもほらインバウンドは難しくても国内旅行なら

ロシアに行くはずだった。

ウラジオストクからハバロフスクまでシベリア鉄道で移動する、仕事以外で海を渡ったことのない私が初めて計画した海外旅行に備えて、ガイドブックを買って、キリル文字の読み方を勉強して、今回のツアーは催行されない感じでしょうか、先行きが不透明なところかと思いますが、この時期の海外渡航に不安も感じており

家にいろ。

元通りのにぎわいも落ち着いたころもいつかやってくる保証はない。

できるだけ多くの怒りと疑いを心にたくわえ、私は家にいろ。

5月22日

名前と顔写真を公開し暴力の手口を克明に記した
一連の騒動が起ってから三ヶ月後
死に目に会えなかったし葬儀にも出席できなかった
手作りの雑貨やアクセサリーをオンラインで売って
キャパシティをオーバーしていたから引き留める人はいなかった

もとより欠陥だらけの制度だ
みんなさして年齢が変わらない十代の少年たち
眠りたいときに眠り起きたいときに起きる
カメラはズームし口元を映し出す
くちゃくちゃと過剰に音を立ててサンドイッチを頬張り
得られた金の使途を三つに分ける

一辺の長さが二〇cmほどの立方体のボックスを指定の段ボールに箱詰めしていく
午前と午後で一枚ずつ使用する
「ねえ、ちょっと近くない？」
「ほら、2メートル」
入場時の検温義務もなければ席と席を隔てるパーティションもない
黒い手袋をはめた手で赤い花柄の手に触れる

致死性を跳ね上げる凶悪な変異
鳥のくちばしのようなものがついた奇妙な黒い仮面
顔面を含めた全身が完全に黒く覆われる
取引の最中で素顔から感情を読み取られるのを避けるため？
さまざまな憶測が流れたが真の理由を明らかにしない
握りこぶしほどの大きさの真紅の球体と十字状に組み合わされた木片
その二つが一本の紐でつながっている
力を加えると球は空中を回転し木片の持ち手部分で絶妙な均衡を保って静止する

脅迫的な懇願を前に断るという選択肢はない
大人数をひとつの部屋に押し込め順繰りに歌を歌わせる

連携したブースの音声と映像はモニターから確認できる
マイクに向かって宣言すると四方の壁が点滅し画面は無数に分割される

大げさな身振りで頭を抱え肩を揺さぶって問い詰める
本名を隠すためにお互いを番号で呼んだ
「きっと奴の時計が狂っていて、一時間進んでいるんだ」
忠誠心が試されているのだ

鎧のように重厚で派手なドレスに身を包んだ女
カウンターに身を乗り出してとぼけるような表情を至近距離から見つめる
店内をぐるりと見渡し威喝するような目で睨みつける
異例の速度で商用化を承認されもっともはやく市場に出た
人間の利害とは無関係に自律して存在すべきもの
起動して最初に見た人物を親だと認識する
停止させることはできない破壊するしかない

二人に帰る場所などない
外で寝るのは心細い

衣服や身体に付着したウイルスを死滅させる
「多数の研究論文によって効果が証明されています」
「専門家会議でも認められています」

巨大な球体が天井から吊り下がっている
球体は緑色にぼんやりと光っている
それ以外の明かりはない
球体を挟んで向かい合わせに座っている
堅すぎず柔らかすぎもしない適度な弾力性のある椅子
緑色の光に照らされたお互いの顔だけが見える
人差し指を左目の下に当てる
指を下に引っ張りベロを出す
球体はゆっくりと青に変わる
やがて白くなり輝度が高まる
あなたの顔がはっきりと見える

ここまでに二万円ほど課金した
これは猫を救うための行為でもあるのだ

ベンチの両端に座る
本気の殺意がないと起動しない
小声で耳打ちする
人々は新しい生活様式に則しているかどうかを互いに監視しあい
それに反した行動をとる者を法の埒外で私刑に処す
私たちは過大な労働と移動の負荷から解放された

一階の事務所から二階の自宅へと移動する
「俺たちはどうだ？　まともな人間か」
三人が一斉に手を挙げた
帰宅するなりポストにあるものを見つける
「おい、たいへんだ！　届いたぞ」
それを右手と左手に一枚ずつ持って掲げる

四人の人間がテーブルを囲んで睨みあっている
暗号めいた言葉がときおりつぶやかれる
私たちが葬り去ったはずの制度や価値観
与えられた様式を遵守するのではなく思考によって自ら決定していくこと

四人は手元のブロックを熱心に幾度も並べ直す
決死の覚悟でひとつのブロックをテーブルの上に置く

7月30日

失われた猿を求めて病のために率で死ぬ人と話す疑や触が増えてきて独自の基準で私は立てこもろうどんな日か考えるのをやめる口で言う慣れているから画の声は小さくて耳を澄ます接続が安定して机を挟んで届くその手を握り締めてみたいと今日を終わらせるための練習をして不通であることの意もありはしないほらさっき見たまま夜から朝へ近づいてくる失われた猿を求めて羽根を開いた孔雀を待っていたのが奇跡だったの友人だったの最後に会ったのはいつ次にいついないこどもを引き取るのがよくうつるやつじゃなくてよかったねどうやっても制御できないものを呪う思いつきを封じ込めるいかに今日が素晴らしいのか語ってばかりいて

弟1の、あるいは弟2のだったか、いずれかの弟の同級生に不登校児がいるという。彼は小学校に行かずに何をしているのか。インターネットをやっているという。インターネットってあれでしょ？　調べものをしたり、Eメールをしたりするんでしょ？　母に頼まれ、私は彼にEメールを送ることになった。私は彼と会ったことがないし、Eメールなんて書いたことがない。いったい何を書けばいいのか。ひとまず自己紹介をして、好きな音楽やマンガのことなどを書いた気がする。がんばって学校に行くように、といった説教は書くべきではないとどこかで教わったから書かなかった。彼から返信はなかった。本当に届いているのだろうか。しばらくして、彼は私のEメールを読んだらしい、返事はないかもしれないけどまた送ってね、と母から言われる。私はもう一度Eメールを送った。やはり返信はなかった。

あなたは言う。家庭とはおぞましい場所だ。すべてのこどもは養育施設に集められ、家族から切り離されて育つべきだ。この国の誰もが誕生したその瞬間から一律に国家による管理の下、平等に適切な教育をほどこされるべきだ。そうすることによってだけ、血縁への執着と無責任な願望に染まった忌まわしき家庭の呪縛から私たちは解放される。

考えられる限りで最悪の人間が育つとしよう。ものを盗み、人を殴り、家を燃やす。加害にいかなる痛みも伴わない。あるいは伴うとしてもそれを超える行為への衝動がある。理由がある。企みがある。だがこんな想定は無意味だ。どれほど恵まれた環境で、適切な方針のもと、多大な愛を注がれて、大切に育てられようと、人は、最悪の行為をなしうる。

誰であれ、自らの命と生活を守ることを何よりも優先してよい。これが原則だ。もしもあなたの選択が、あなた以外の人、すぐそばにいる人、遠く離れた場所にいる人、顔の見えない人々の命と生活に関わるのならば、そしてその数が多ければ多いほど、選択の根拠は複雑さを増す。高度な判断を要求される立場にある者は、できるだけ誤りの少ない判断をくだすためのコンディションを整えておくべきだ。そのための休暇も必要だ（いや、誰であれ、休暇は必要だ）。だがもしも、あなたに最初から正しい判断をくだす能力がなかったとしたら？あなたの不在こそがむしろ望ましいとしたら？

夏の夕暮れにきみが生まれたからうなぎの形のお菓子を買った一時間にどれだけ効率よくさばけるかのゲームはじめるよいまから何百回もまたいだからこの溝もこの空のベッドも迷わずに最短距離で目標へたどり着ける何の不自由もないおじいさんもおばあさんもとびきりの笑顔で彼らの人生でいちばん幸福な一年ここで終わるだからきらきらと夜のコンビニが光っていた水が冷たいのかぬるいのかもわからない役に立つ足や役に立たない足でいくつもの絶滅の可能性をもてあそんだまま代わりになる形や代わりにならない触感を指摘して明確な意志によっていなくなったその人たちの代わりにきみは生まれた甘くてやわらかいものが食べたい甘くてやわらかいものチョコレートでクリームのもの片手で食べられるものエクレアだエクレアこそ至高エクレアこそ正義ヘッドライトがずっと向こう側を照らして地面が濡れているような気がしたこれが最後の最後に食べるエクレア半分だけ食べてこれはきみの生まれた日にきみのために書かれた初めての文章だけれど私はこれをきみが読むことを望まないきみの母やきみの父が読むことを望まないだがきみがいつかこれを目にするとき誰にも望まれずに生まれてしまったものもあるしあってよいのだと私はきみに言おうとするだろう

初出覚書

もうすぐ十六歳になるきみへ　二〇一六年十一月『朝日新聞』

北京　『現代詩手帖』二〇一六年三月号

秘密　『詩と思想』二〇一六年五月号

チャイニーズのためのハロウィーン　『ユリイカ』二〇一六年十月号

Two systems　『given point Q』二〇一七年七月

報国　『彫刻1：空白の時代、戦時の彫刻／この国の彫刻のはじまりへ』二〇一八年六月

光る手　『デザインじゃない デザインのはなし』二〇一九年六月

俺たちみんなでおまえを許さないと決めた　『現代詩手帖』二〇一七年七月号

ピーポー　『現代詩手帖』二〇一七年一〇月号

ふっかつのじゅもん　日本現代詩歌文学館 常設展「ゲームと詩歌」二〇一八年六月

#MeToo　ワタリウム美術館「アレン・ギンズバーグに捧げる詩の朗読会」二〇一八年八月／旭川文学資料館

少女像を燃やす　『ユリイカ』二〇一九年十一月号

この世　『フラジャイル』七号　二〇一九年十二月

4月6日　「空気の日記」二〇二〇年四月

4月29日　「空気の日記」二〇二〇年四月

5月22日　「空気の日記」二〇二〇年五月

7月30日　「空気の日記」二〇二〇年七月

8月21日　「空気の日記」二〇二〇年八月

誕生　『チャかシズム』三号　二〇一七年九月

山田亮太（やまだりょうた）

一九八二年北海道生。詩集に『ジャイアントフィールド』『オバマ・グーグル』（ともに思潮社）。二〇一七年、『オバマ・グーグル』で第五〇回小熊秀雄賞受賞。二〇〇六年よりユニット「TOLTA」で活動する。TOLTAでの主な作品に「ポジティブな呪いのつみき」（東京都現代美術館「あそびのじかん」展）、『新しい手洗いのために』（素粒社）など。

誕生祭

二〇二一年五月二七日　発行

著　者　山田亮太
発行者　知念明子
発行所　七月堂
〒一五六―〇〇四三　東京都世田谷区松原二―二六―六
電　話　〇三―三三二五―五七一七
ＦＡＸ　〇三―三三二五―五七三一

印刷製本　(株)アイワード

ISBN 978-4-87944-446-2 C0092